Kuriose und nachdenkliche Geschichten

Erzählband

von Rosa Theresia Arenz

Vorwort

Diese spannenden und vielsagenden Geschichten sind alle aus unserem Alltag.

Cäsar: Das hässliche Entchen mit wenig Chancen auf Liebe, schleimte sich gekonnt in eine Familie, die ihn trotz seiner Eigenarten siebzehn Jahre schätzte.

Schnäppchen im Supermarkt: Manche Märkte sind so eng und schmuddelig, dass man mit den bockigen Einkaufswägen kaum durchkommt zur Ware Lebensmittel, die dann nur für Großfamilien abgepackt ist.

Die himmlische Vergeltung: Sie zeigt uns, dass wir unseren Feinden nicht einmal böse Gedanken senden brauchen, es erledigt sich alles von selbst.

Die Erde spricht: Hört Menschen was die Erde spricht – ihr braucht sie, sie braucht euch nicht.

Weisheiten des Spiegels: Er hat uns vieles zu sagen, besonders im Umgang in Beziehungen und im Berufsleben.

Penetranter Gestank: Wie man den schlimmsten Gestank durch eine Tiermarkierung, mit einem einfachem Mittel bearbeitet.

Schulmobbing: Es trifft in den meisten Fällen die sensiblen Kinder, die Peiniger haben einen Riecher dafür. Selbstverteidigung stärkt und schreckt ab.

Willst du deine Welt ändern?
Dann fang gleich damit an.

Achte auf deine Gedanken, denn so wie du deine Gedanken auf deine Mitmenschen änderst, ändert sich deine Welt.

Hinweis:

Alle Namen der Protagonisten sind frei erfunden.

Bibliografische Information der Deutschen Nationalbibliothek.
Die Deutsche Nationalbibliothek verzeichnet diese Publikation in der Deutschen Nationalbibliografie;
Detaillierte bibliografische Daten sind im Internet über
http://dnb.d-nb.de abrufbar.

Copyright c 2015 Rosa Theresia Arenz – Autorin
1, Auflage
Herstellung und Verlag: BoD - Books on Demand, Norderstedt
Alle Rechte vorbehalten. Das Werk darf – auch teilweise nur mit Genehmigung des Verlages wiedergegeben werden.
Gestaltung: Manfred Arenz
Layout: Holger Arenz
Printed in Germany
ISBN: 9783734790539

Inhalt

Cäsar
7

Schnäppchen im Supermarkt
10

Die himmlische Vergeltung
13

Die Erde spricht ...
19

Weisheiten des Spiegels
21

Penetranter Gestank
22

Schulmobbing
25

Willst du deine Welt ändern? Dann fang gleich damit an.
30

Alles was der Mensch hasst und verabscheut, bleibt an ihm kleben.

Rosa Theresia Arenz

Segnet, sendet Liebe - oder
Segnet, sendet Liebe und lasst los.

Rosa Theresia Arenz

Cäsar

Ich heiße Cäsar, bin schneeweiß mit schwarzen Knopfaugen, meine Körperfülle wird "zu dick" eingestuft und ich habe zu viele Locken im Fell, um Rasse und Schönheit gerecht zu werden. Ein weiterer Fehler ist, dass ich beim Laufen mein Hinterteil ein wenig zur Seite drehe. Also bin ich unter acht Geschwistern das hässliche Entlein. In meiner vierten Lebenswoche bestaunte uns eine für mich sehr sympathische Familie: Der Vater war kräftig mit Glatze und Haarkranz, die Mutter zierlich mit einnehmendem Lachen, sowie deren Söhne, Dennis fünf und Manuel sieben Jahre alt. "Ach, wie niedlich", war ihr Ausruf bei der Betrachtung meiner Schwestern und Brüder, ich blieb unbeachtet. ‚Bis zum übernächsten Besuch muss ich mir etwas einfallen lassen', war mein Gedanke. Als sie eine Woche später unseren "Schönsten" auf dem Arm hielten, beleckte ich die Zehen und Füße meines gewünschten Frauchens mit Hartnäckigkeit, benahm mich anhänglich, bis sie auf mich aufmerksam wurde. Ich schleimte mich förmlich in die Familie ein. Am Abholtag saß ich auf Herrchens Arm und er fragte: "Ist das der Richtige?" "Ja", hörte ich Frauchen sagen. Mein kleines Herz sprang vor Glück, sie wollten mich und nahmen mich mit. Meine beiden Spielgefährten, Dennis und der kleine Manuel, zeigten mir meine neue Heimstatt. Einen Garten, einfach paradiesisch, mit vielfältiger Sträucher-Einfassung, gut platziert der Teich mit Fischen und viel Platz für meinen Auslauf. Darin steht ein herrliches Haus mit großzügigen Räumen und hellen Flügelfenstern. Das schönste ist vor allem die Freitreppe zur Galerie, die ich anfangs ängstlich betrat. Schnell wurde sie zu meinem Lieblingsplatz, denn je höher ich saß, umso besser konnte ich kontrollieren, wer, was, wo, von den freundlichen Familienmitgliedern gerade tat. Ich entwickelte mich vom anfänglichen Angsthasen zur aufgeblasenen und bewachenden Riesendogge für den Clan. Der Fressnapf hatte blitzblank und das Wasser frisch zu sein, sonst wurde die Nahrung verweigert. Frauchen gab mir nach meinen kleinen Geschäften im Garten immer ein Leckerli beim Hereinkommen. Ihr könnt euch vorstellen, wie oft ich ins Freie musste, nur um eine Runde zu drehen. Wurde mit mir deshalb geschimpft oder mein Kopf ließ sich nicht durchsetzen, klapperte ich erst einmal ordentlich, für alle Ohren hörbar, mit den Zähnen und drehte allen beleidigt den Rücken und das Hinterteil zu. Die Galle stieg mir hoch, wenn ich Herrchen in Jogginghose mit der Leine in der Hand sah, dann war der Tag unten durch. An der Leine laufen, Häufchen machen, das machten doch nur Stadthunde. Diese Phase dauerte nur so lange, bis ich am späten Nachmittag die Schlussmelodie von Herrchens Lieblingssendung hörte, dann musste er, von mir zitiert, in die Küche und ich war dabei. Topfklappern war meine Herzensmusik. Sollte Puten- oder Hähnchenbraten im Ofenrohr sein, überwachte ich den Bratvorgang von Anfang bis zum Ende vor dem kleinen Fensterchen mit wässrigem Maul. Mein Seifer triefte, es war doch mein Lieblingsessen. Bei Schweinefilet in Olivenöl, Pommes, gekochte Kartoffeln und Möhren gestampft, sowie Salami, entsprang große Liebe zu meiner Futter

gebenden Hand – Feinschmecker eben!
Das unausstehlichste Gräuel für mich war Gewitter. Beim ersten Donner knurrte ich Dennis von seinem Kopfkissen und verschwand darunter. Außerdem ging ich nicht gern allein in mein Körbchen. Mit kratzenden Pfoten lief ich durch Wohnzimmer und Flur, als Zeichen, dass jetzt Schlafenszeit ist. Meistens gingen fast alle mit mir ins Bett. Die Welt war dann für mich in Ordnung. Ich lobe meinen Schöpfer, dass er mich als Schnäppchen, lange siebzehn gesunde Jahre in diesem schönen Umfeld und bei dieser wundervollen Familie - sie haben mich alle wirklich geliebt - verbringen durfte. Danke!

Schnäppchen aus dem Supermarkt

Mia ist eine eigenwillige Einkaufskundin im fortgeschrittenen Alter und somit strikte Gegnerin, den in den Tages-Zeitungen angepriesenen Superschnäppchen nachzulaufen. Ihr Einkaufsstil ist Frischmarkt, Metzgerei, Bäckerei und Bauer.
Eines Morgens bekommt sie von ihrem Mann, Schnäppchenjäger, den Auftrag, zwei Zehnliterkanister, die in diesem bestimmten Supermarkt günstig angeboten wurden, zu holen. Er möchte dafür zwei alte ausrangieren.
„Du willst sowieso heute einkaufen gehen. Dann könntest du sie mir bitte mitbringen", meinte er so beiläufig.
„Ich glaub es jetzt, dann renn ich mit diesen blöden Dingern und dem ganzen Eingekauften wie ein Packesel durch die Gegend", maulte Mia trotzig. „Warum gehst du nicht mit und holst sie selbst?" „Weil ich mit dem Auto einen Termin beim TÜV habe, es geht nicht."
Mia wollte den Wocheneinkauf machen und lässt sich darauf ein.
Die Tür, über der „Eingang" steht, springt von alleine auf, dass der breite, klobige, für sie kaum gerade aus zu bewegende Einkaufswagen hindurch passt. Dieser Supermarkt, in dem es das Superangebot für ihren Fred gab, war nicht gerade einladend. Er sah schmuddelig aus, auf dem Steinboden konnte man noch die Spuren des Beladungswagens sehen. Wie sollte die arme Kassiererin, die alleine im Laden war, das auch schaffen? Eine gutgekleidete Dame, über dem biblischen Alter, mit rotem Hut, drückte an den großen Clementinen, die gleich hinter

dem Eingang lagen, herum, ob sie auch schön prall sind. Sie waren es, Mia fingerte sich einen Beutel und fuhr weiter. Daneben auf einer Stellage kauerten einfache Grabgestecke, die von einer weißhaarigen, ärmlichen Rentnerin begutachtet wurden. Sie wollte sich eins leisten, nahm das für sie schönste und stapfte schnell zur Kasse. In der nächsten Gitterbox lagen wüst durchgewühlt Jogginghosen und Jacken, Handschuhe, dazwischen Geschirrtücher, die jemand abgelegt hatte, weil er sie doch nicht brauchte. Daneben Socken, Schreibwaren, Malbücher und Malstifte, Mützen, Spielwaren, Puppen, Bauernhoffiguren, alles durcheinander. Auf dem Gang, der so schon eng ist, standen Stühle, die auf den Käufer warteten. Das Durchkommen verlangte gute Peilung mit dem störrischen Wagen, der immer rechts fahren wollte und nicht gerade aus, das dauernde Ausgleichgeschiebe nervte Mia. Wann kommen endlich diese Kanister, sie wollte unbedingt aus dem Laden und das schnellstens. Sie sah gerade das Ende dieser Angebotsboxen und da stehen sie. Bevor sie sich zwei greifen konnte, rempelte sie ein junger Mann mit Schlägerkappe zur Seite, der im Eiltempo um die Ecke kurvte und meinte – „Bald hätte ich sie nicht gefunden." Glücklich schnappte er sich fünf Dosen unter den Arm und lief zur Kasse. Mia warf einen Blick auf das begehrte Produkt und siehe da, es waren Graffiti Farbdosen, die unter dem Gewühl lagen. Gegenüber konnte sie Pantoffel, Hausschuhe, Skihandschuhe, Nachthemden, Silikonbackformen und Ein-Euro Krimskrams erstehen. Ihre Aufmerksamkeit zog etwas welliges, das unter einer Mütze in diesem Durcheinander hervorlugte. Was könnte das denn sein? Es war aus zehnzentimeterlangen aneinandergereihten, fingerdicken Holzstäbchen. Bei näherer Betrachtung und Vorstellung der Verwendung verrät ihr das Preisschild, dass es sich um ein Hamsterstalldach handelte, Made in China, wie sämtliche Produkte, die hier herumlagen. Bei Mia bricht die „Vielelitis" aus, durch das viele und übergroße Angebot, mag sie nichts mehr kaufen.

Um an die Lebensmittel zu kommen, geht die taktische Ladenführung an den ganzen Sonderangeboten vorbei. Endlich die Lebensmittelabteilung, wenigstens war es hier sauber und vielleicht hygienisch. Mia sucht ihren Einkaufszettel, der die ganze Woche geschrieben wurde, um nichts zu vergessen, nur wo ist dieses Ding wieder? Handtasche von unten bis oben durchgekramt, die Jackentasche gefühlt, nichts, er lag bestimmt wieder an der Garderobe zu Hause. Jetzt hieß es überlegen und wieder überlegen, was alles darauf steht. Beim Obst ist es nicht schlimm, da nimmt sie mit, was zu einem guten Obstsalat gehört und sie anlacht. Leider kann sie in diesen Kisten kein Lachen sehen. Wie lange wird wohl das Gemüse schon bedampft, fragte sie sich beim Vorbeigehen. Bananen wünschte sie nur zwei Stück, nicht fünf. Ihr Geist arbeitet und sie kann sich noch erinnern, dass Walnuss-Essig auf dem Papier steht und geht auf die Suche. Dieser ist nicht zu finden, am besten sie fragt gleich die junge Dame an der Kasse. Freundlich teilt sie ihr mit: „Diesen Artikel haben wir aus dem Sortiment genommen." Welche Freude, genau den hätte sie gebraucht. So wird der Kunde von einem Supermarkt in den anderen weiter

gereicht. Vor ihr erscheint die „abgepackte" Metzgerei. Jedes Wurstpaket wiegt zweihundertfünfzig Gramm, nein, das sah sie nicht ein, dass sie und ihr Fred die ganze Woche die gleiche Wurst essen sollen, wie langweilig, und legt das Päckchen wieder zurück. Ihre Suche geht weiter, bei der italienischen Salami war weniger in der Packung, nur einhundertfünfzig Gramm, die essen wir gerne, rein in den Wagen. Bei der Mortadella sah es schon wieder anders aus, davon sollte wieder viel verkauft werden, also Großpaket, kommt nicht mit. Beim Käse gibt es auch nur große Mengen, so kann die Überproduktion des Marktes an den Kunden gebracht werden. Für Großfamilien mag das gut sein, für Mia ist das kein Einkaufen. Das Schlimme, sie geht aus diesem vollgepumpten Laden nur mit vier gekauften Artikeln nach Hause und zwei davon sind Schnäppchen.
Mia geht wieder auf den Frischmarkt, in die Metzgerei und Bäckerei, da kann sie selbst wählen, wieviel sie kaufen möchte. Schließlich hat sie nur zwei Mäuler zu stopfen und Essen wegwerfen in den Müll, gibt es bei ihr nicht.

Die himmlische Vergeltung

Auf einer Reise durch den Orient, bei der wir unser Selbst finden wollen, leben wir sehr zurückgezogen und enthaltsam, eben reine Meditation. Wir befinden uns gerade in einer gebirgigen, steinernen, staubigen und sandigen Gegend. Wir, das sind mein Freund Mark, Archäologe, sehr interessiert an syrischen Ausgrabungen und ich, Geologin, die über das Leiden unserer Mutter Erde wacht und zur Heilung beiträgt durch Gebete. Ich höre auf den Namen Marie und liebe die Stille und Einsamkeit in der Wüste. Unsere Lebensjahre zählen zusammengenommen sechzig. Während einer Andacht sitzen wir auf einem Berg, der über einer Oase liegt, zu der wir anschließend wandern wollen. Wir kommen zu der Erkenntnis, dass in der Welt nichts passiert, ohne den Willen Gottes. Das Gute bekommt seinen Lohn und das Böse wird seiner gerechten Strafe zugeführt, denn nichts im Leben ist ohne Sinn, nicht einmal der kleinste Handgriff. Während unserer Diskussion über unsere Einsicht, sehen wir unten im Tal eine riesige Staubwolke, aus der ein gehetzt galoppierender Reiter an der Quelle anhält und Rast macht. Er steigt vom Pferd, nimmt seinen Beutel, den er am Gürtel trägt und legt ihn auf den Boden. Der Mann labt sich an dem kühlen Nass, auch sein Pferd tränkt er und ruht ein wenig aus, schwingt sich in den Sattel und reitet eilig davon. Den Beutel, der auf der Erde liegt, vergisst er. Kurze Zeit später kommt ein anderer Reiter, sieht den Beutel, nimmt ihn und galoppiert von dannen. Wieder vergeht nur geringe Zeit, da kommt ein Arbeiter an die

Quelle, legt seine schwere Bürde ab, beugt sich über das Wasser und trinkt. In diesem Augenblick kehrt der erste Reiter zurück, er ist wild vor Wut über den verlorenen Beutel. Er sieht den Arbeiter, hält ihn für den Dieb, beschimpft ihn, nimmt einen großen Stein und schlägt ihm den Kopf ein. Das alles sehen wir und hadern mit Gott und rufen: „Wo ist nun der Sinn des Geschehens?" Der Dieb entkommt, hat seinen Gewinn und alles gelingt ihm durch glückliche Fügung. Ein armer Arbeiter, ein Unschuldiger, der von nichts etwas weiß, wird dafür erschlagen. Der Reiter wird zum Mörder weil er seinen Beutel liegen lässt! Eine Welt, in der solche Dinge geschehen, ist keine gute Welt und wir rufen zu Dir und fragen Dich, Gott, Vater der Erde: „Wo bleibt die Gerechtigkeit? Und wo bleibt der Sinn?"

Und der Himmel bleibt stumm.

Am Tag darauf kommt übers Gebirge ein Mann, von dem die betagten Leute sagen, er sei schon sehr, sehr alt und kein Geheimnis bleibe ihm verborgen. Er setzt sich in der Klause zu uns, trinkt Wasser und isst eine Hand voll Datteln. Wir erzählen ihm aufgeregt, was geschehen ist und fragen ihn: " Wo ist nur der Sinn des Geschehens?"
Da lächelt der Weise und spricht: „Nichts, oh meine ungeduldigen Freunde, ist sinnlos unter der Sonne. Denn wie ihr wisst: Es gibt keinen Zufall, und alles, was geschieht, wird gelenkt, wie an unsichtbaren Fäden." „Das mag sein oder nicht", sagt Mark, „doch nach welchem Gesetz und mit welchem Ziel?" „Wir haben es doch mit

eigenen Augen gesehen, was geschehen ist", sage ich. „Ihr habt nicht viel gesehen", äußert der Weise. „So hört meine Freunde, der Reiter, der den Beutel liegen ließ, ist der Räuber, der hat den Beutel gestohlen. Doch er sollte sich seiner Beute nicht lange freuen. Der Mann, der den Beutel nahm und davon ritt, ist des bestohlenen Sohn, den der Räuber um sein Erbe gebracht hatte. Lange schon verfolgte er des Diebes Spur, doch nie holte er ihn ein. Gottes Gnade schenkte ihm das Geld zurück, das seinem Vater gehörte." „Aber warum musste der unschuldige Arbeiter sterben?", fragt Mark, „er hat doch mit der Sache nichts zu tun!" „Er hat nichts mit dem Beutel zu tun", sagt der Weise, „doch auch er gehört mit ins Spiel. Vor langen Jahren erschlug dieser Arbeiter einen Reisenden in der Wüste und nie hat ein irdischer Richter davon erfahren. Doch die himmlische Vergeltung traf ihn, als seine Stunde gekommen war, und er starb genauso wie sein Opfer gestorben ist. Der Reiter freilich weiß nicht, welches Urteil er vollstreckt hat. Ihm fiel diese Rolle zu, weil er ein Räuber ist, den seine bösen Taten tiefer und tiefer verstrickten in Schuld, bis zum Mord. Nun hetzen ihn aber die Stimmen seines Gewissens, auch er wird nicht entkommen. Jetzt reitet er durch die Nacht wie vom Satan verfolgt. Der Mann aber, der den Beutel nahm und den ihr für den Dieb gehalten habt, hat seinem Vater das Geld gebracht, der seinerseits durch den Schrecken des Verlustes gestraft wurde für seinen Geiz. Jetzt freut er sich mit seinem Sohn und gelobt im Stillen, sich zu bessern. Durch sein hohes Alter hat er nicht mehr lange zu leben. Doch zur Umkehr, in großen und in kleinen Dingen ist es

niemals zu spät."
Da schweigen wir und schämen uns unserer Kleinmütigkeit. Der Weise aber verabschiedet sich lächelnd, greift nach seinem Wanderstab und spricht: „Lebt wohl meine Freunde und lernt Geduld, Gelassenheit und Mitmenschlichkeit. Viel Leiden ist in dieser Welt, doch das Leiden ist nicht umsonst. Die Welt ist aus Licht und Dunkel gemacht, aus Bösem und Guten, das Sichtbare und Unsichtbare verknüpfen sich zum bunten Teppich des Lebens. Voller Schrecken und Wunder ist die Erde, doch weise geordnet von Gott, dem Erhabenen, und nichts darin ist zufällig und nichts ohne Sinn." Dieses Erlebnis stimmt uns nachdenklich und wir blicken in unser Leben zurück, wie es so steht mit Gelassenheit, Geduld, Frieden, Mitmenschlichkeit und solidarischem Miteinander. Dabei fällt mir eine russische Weisheit ein, die ich vor kurzem gehört habe und die ich Mark unbedingt erzählen muss. „Stell dir vor, Mark, da kommt Igor, ein braver russischer Familienvater, zu Gott und bittet ihn, er möchte ihm doch solidarisches Miteinander zeigen. Der Schöpfer teilt ihm einen Propheten zu, dieser nimmt ihn an der Hand und führt ihn in einen großen Raum. Ringsum Menschen mit langen Löffeln, in der Mitte auf einem Feuer kochend ein Topf mit einem köstlichen Gericht. Alle schöpfen mit langen Löffeln aus dem Topf, aber die Menschen sehen mager, blass und elend aus. Kein Wunder, die Löffel sind zu lang, sie können sie nicht zum Munde führen, das herrliche Gericht ist nicht zu genießen.
Die Beiden gehen hinaus – „Was für ein seltsamer Raum war das?", fragt Igor den Propheten. Die „Hölle", ist die

Antwort. Sie betreten einen weiteren Raum. Alles genau so wie im ersten, ringsum Menschen mit langen Löffeln. In der Mitte auf einem Feuer kochend ein Topf mit einem köstlichen Gericht. Alle schöpfen mit ihren langen Löffeln aus dem Topf. Aber – ein Unterschied zu dem ersten Raum. Diese Menschen sehen gesund aus, gut genährt und glücklich. „Wie kommt das?" Igor schaut genau hin, da sieht er den Grund. Diese Menschen schieben sich die Löffel gegenseitig in den Mund, sie geben einander zu essen. Da weiß Igor, wo er ist.

Mark denkt eine Weile nach und sagt: „Demnach liegt es an unserem sozialen Verhalten, ob wir auf Erden den Himmel oder die Hölle erleben." „Ja, mir kommt das auch so vor", gibt Maria ihre Überlegung kund. An Orten, in denen Menschen vereint zusammenhalten und Gemeinschaft üben, blüht und gedeiht alles. Dagegen gibt es Gemeinden, in denen der Streit, Neid und Hass herrschen, da kommt nur Verfall zum Vorschein. Also ist Himmel oder Hölle auf Erden selbst gemacht.

Die Erde spricht...

Ihr habt mir großen Schmerz bereitet, habt mich verletzt und ausgebeutet. Seit ewig hab ich euch gegeben, was alles ihr gebraucht zum Leben. Ich gab euch Wasser, Nahrung, Licht, lang hieltet ihr das Gleichgewicht, habt urbar mich gemacht, gepflegt, was ich euch bot, betreut, gehegt. Doch in den letzten hundert Jahren ist wohl der Teufel in euch gefahren.

Bauern säen nur noch Mais und Weizen, um den Ertrag in den Gasanlagen zu verheizen. Von den Giften ganz zu schweigen, die euer Grundwasser verseuchen. Verseucht die Ozeane mit Müll und Dreck, die Kreuzfahrtschiffe vorne weg. Mit Schweröl und Kohle schmelzen sogar Gletscher und Pole. Mikroplastikteile, eingelagert von Fischen in ihrem Fleisch und Fett, machen eure Gesundheit besonders wett. Die Verrohung des Menschen in den Massentierställen, wird einmal ein Urteil über euch fällen.

Was in mir schlummert wird geraubt, weil ihr es zu besitzen glaubt. Ihr bohrt nach Öl und Gas an tausend Stellen, verschmutzt die Meere, Flüsse, Quellen, umkreist mich sinnlos Tag und Nacht, seid stolz, wie weit ihr es gebracht. Habt furchtbar mich in Kriegen versehrt, habt kostbaren Lebensraum zerstört, habt Pflanzen, Tiere ausgerottet, wer mahnt - wird von euch verspottet – kennt Habgier, Geiz und Hochmut nur und respektiert nicht die Natur.

Darum werde ich jetzt Zeichen setzen und euch so wie ihr mich verletzen. Ich werde keine Ruhe geben, an allen meinen Teilen beben, schick euch Tsunamiwellen hin, die eure Strände überziehen. Vulkane werden Asche speien, verdunkelt wird die Sonne sein. Ich bringe Taifune, Wirbelstürme, sintflutartigen Regen, bald werden Berge sich bewegen, was himmelhoch ihr habt errichtet, mit einem Schlag wird es vernichtet und Blitze wie ihr sie nicht kennt, lass fahren ich vom Firmament. Ich kann es noch viel schlimmer treiben, drum lasst den Wahnsinn endlich bleiben!

Hört Menschen, was die Erde spricht – denn ihr braucht sie, sie braucht euch nicht!

Die Weisheiten des Spiegels

Alles, was mich am anderen stört, aufregt und in Wut geraten lässt, ich anders haben will, habe ich selbst in mir.

Alles, was der andere an mir kritisiert, bekämpft und verändern will, betrifft, sofern es mich verletzt, mich selbst, da dies in mir noch nicht gelöst und mein Ego beleidigt ist.

Alles, was der andere an mir kritisiert, bekämpft, mir vorwirft, anders haben will, ist, sofern dies mich nicht berührt und mich nicht an mir zweifeln lässt, sein eigenes Bild, seinen eigenen Charakter, seine eigene Unzulänglichkeit, die er auf mich projiziert.

Alles, was mir am anderen gefällt, was ich an ihm liebe, bin ich selbst, habe ich selbst in mir und liebe dies im anderen. Ich erkenne mich selbst im anderen. Wir sind in diesem Punkt eins.

Penetranter Gestank

Schnell, schnell noch den Garten aufräumen und alles entfernen, was in der Urlaubszeit verderben könnte. Den Salat, die Gurken und Tomaten nehmen wir mit, die können wir selbst verzehren im Campingurlaub. Ach, die roten Zwiebeln stecken noch in der Erde, die müssen noch unbedingt heraus. Die lege ich vor das Gartenhaus, dort kann es nicht hin regnen und sie können schön in der Sonne trocknen.
Die Nachbarin, die die Blumen versorgt und nachsieht, ob alles in Ordnung ist, kann sich am nachreifenden Gemüse bedienen. Auch die Brombeeren, die noch schön dunkel werden, darf sie sich nehmen und verarbeiten.

Laura ist zufrieden und fährt beruhigt in ihren wohlverdienten Urlaub. Roland und Sissi sind schon da und werden auf ihren gebuchten Platz achten, dass der auch bestimmt frei ist, wenn sie ankommen. Es ist jedes Jahr eine große Freude, wenn sich die alten Freunde aus Österreich, Franken, Schwaben, Nordrhein Westfalen und Bayern gesund wiedersehen. Die laue Luft, die herrliche Sonne, das mineralhaltige blaue Meer garantieren eine textilarme, wunderschöne Ferienzeit.
Auf Spaziergängen durch den Eichenwald blitzt das türkisgrüne Meer unter den weißen Felsen hervor und bei jedem Tritt riecht das Currykraut. Beim Weitergehen entdeckt sie den orangen, sehr schmackhaften Wachholder, schöne dicke Beeren, die Laura noch nie gesehen hatte.

Nach drei Wochen herrlicher Badezeit kommt Laura wieder nach Hause und inspiziert ihren Garten. Na ja, das Unkraut hat sich ziemlich breit gemacht, nun hat sie wieder einiges zu tun.
Am Gartenhaus angekommen, bemerkt sie, dass nur noch zwei oder drei rote Zwiebeln zerrupft herum liegen, als hätte sie jemand auf der Flucht verloren. ‚Ich hab zwar der Nachbarin erlaubt die Brombeeren zu ernten, aber die roten Zwiebeln brauche ich selbst', denkt sie für sich. Das kann doch nicht sein, dass die Zwiebeln verschwunden sind. Laura glaubte nicht, dass die Nachbarin die Zwiebeln für sich genommen hatte. Sie schaute weiter und entdeckte zwischen Gartenhausecke und Brombeerstaude die restlichen Zwiebeln schön zusammengelegt in ein Rundell. „So nicht, Herr Igel, diese Zwiebeln sind mir", sprach sie mit dem unsichtbaren Zwerg, räumte das Nest und legte das Gemüse nach der Säuberung in die dafür vorgesehene Schale in den Kühlschrank. Nach drei Tagen war in diesem Kühlschrank ein fürchterlicher Gestank. Laura fing an, alles auszuräumen und zu putzen. Erst mit Spülmittel, der Geruch blieb, dann mit Essigreiniger und allen weiteren erdenklichen Mitteln, der Geruch wurde noch hartnäckiger. Mittlerweile hatte Laura das Gefühl ihre Kleidung und sie würden auch schon so stinken.
Sie rief in ihrer Verzweiflung ihren Mann in seiner Arbeitsstelle an, er soll sofort einen neuen Kühlschrank kaufen. Kein Putzmittel würde helfen aber der Gestank wurde immer schlimmer.
Zu allem Übel hatte sie noch einen Arzttermin, den sie

unbedingt einhalten mußte, sie kam sich vor wie eine Stinkbombe. Was wird sich der Arzt denken. Selbst duschen ließ den Geruch nicht schmälern. Im Wartezimmer beim Arzt setzte sich Laura ganz ans Ende der Stühle, dass ihr nur ja keiner zu nahe kam. Ganz beherzt setzte sich eine nette Frau neben sie und fragte, ob da noch frei wäre. Laura meinte mit fuchtelnden Armen, wenn sie mein Gestank nicht stört, und erzählte dieser Dame ihre Geschichte.

Ach meinte die junge Bäuerin, was glauben Sie, wie oft bei mir im Kühlschrank schon Fleisch schlecht geworden ist, das stinkt doch genau so penetrant. Kaufen Sie sich auf dem Nachhauseweg frisch gemahlenen Kaffee und stellen davon eine Kompottschale voll offen in den Kühlschrank.

Der beste Tipp, den Laura je gehört hat. Nach zwei Tagen war der Markiergestank des Igels auf den Zwiebeln völlig verschwunden und der Kühlschrank wieder gebrauchsfähig.

Schulmobbing

Im Stadtpark, nahe am Ententeich wächst eine circa fünf Meter hohe Trauerweide. Ihre Äste hängen so tief auf den Boden, dass sie Dach und Wände zugleich bildet. Ein ideales Versteck für Detektive. Vier Kinder aus der dritten Grundschulklasse haben diesen herrlichen Baum als Treffpunkt nach den Hausaufgaben ausgewählt. Daniel geht zweimal in der Woche erst zum Fußballtraining, dann trifft er sich mit den Freunden unter der Weide. Er ist schon lange nicht mehr da gewesen, fällt den Kindern auf.
„Was ist eigentlich mit Daniel los?", fragt Julia.
„Ich wollte ihn gestern abholen, aber er kam nicht aus dem Haus", erzählt Kaspar.
„Irgendetwas stimmt da nicht. Lass uns seinen Trainer fragen und sehen, ob er auf dem Platz ist. Da gehen wir sofort hin!", bestimmt Sabine.
„Wir brauchen nur diese kleine Gasse durch gehen, dahinter ist der Sportplatz", erklärt Kaspar.
Die drei sehen nach, ob sie beim Verlassen der Weide jemand beobachtet. Die Luft ist rein! Sie laufen durch den Park und sehen hinter Hecken zwei Typen auf der Erde sitzen, die Bier oder Alkopop trinken. Ob die beiden etwas mit Daniel zu tun haben? Die nehmen wir uns später
vor. Am Sportplatz angekommen, fragen sie völlig außer Puste, so schnell waren sie gelaufen, Herrn Lehner, der mit einigen Jungen trainiert. „Ist Daniel die letzte Zeit dagewesen?", ruft ihm Julia zu.

„Nein, der fehlt schon längere Zeit, ich weiß auch nicht, was mit ihm los ist!"
„Seht ihr, da modert etwas", stellt Sabine fest.
Misstrauisch beobachten die drei beim Zurückgehen die Käppi-Typen. Der mit der dunklen Kappe, etwa 15 Jahre und zwei Köpfe größer als sie, hat seine Dose ausgetrunken und wirft sie zu Boden. Mit dem Fuß tritt er die Dose, dass sie weit weg fliegt.
„Von einem Abfallkorb hast du noch nichts gehört!", bemerkt Kaspar im Vorbeigehen.
Sabine schubst Julia: „Schau einmal das Handy vom anderen an, sieht das nicht aus wie Daniels?", sagt sie leise.
„Ich bin mir fast sicher, nur die sehen alle so gleich aus."
„Seid ihr öfter hier, geht ihr denn nicht in die Schule?", fragt sie Kaspar ohne Angst.
„Schule ist doch langweilig, was sollen wir da?", motzt die helle Kappe mit der braunen Jacke, geschätzt sechzehn Jahre, und schaut vom Handy auf.
‚Der ist ja noch einen Kopf größer als der mit der dunklen Kappe', denkt sich Kaspar.
„Na dann werden wir uns noch öfter sehen", verabschiedet sich Kaspar mit den beiden Mädchen.
„Ist euch etwas aufgefallen, die lungern hier nur rum und warten auf jemanden", stellt Sabine detektivisch fest.
Sie beschließen, wir werden sie im Auge behalten und verfolgen, sollten sie den Park verlassen.

In der Schule sitzt Daniel an seinem Platz. Er verhält sich still, will auf keinen Fall angesprochen werden, er hat Angst vor dem Schulschluss und schämt sich.

„Daniel, rufst du mich einmal mit deinem Handy an", bittet ihn Sabine.
„Das habe ich zu Hause vergessen, tut mir leid."
„Dann ruf mich bitte von zu Hause an, ob du nach den Hausaufgaben zur Weide kommst."
„Nein, wenn ich zu Hause bin, gehe ich nicht mehr raus."
„Warum nicht, kannst du mir das nicht sagen? Ich bin doch deine Freundin!"
„Nein!"
Daniels Angst ist berechtigt. Nach der Schule warten die Typen schon auf ihn.
„Hast du Geld dabei?"
„Nein, ihr habt mir bereits das ganze Taschengeld, mein Handy und die fünfzig Euro von den Eltern abgenommen!"
„Na, was haben wir denn da?, dann gibst du uns eben dein Notebook."
„Neeein!!!, Daniel weint und hält es mit seinen Armen umklammert, fester konnte er es gar nicht halten. „Meine Eltern merken das doch sofort!"
In diesem Moment bekommt Daniel einen Schlag auf die Nase und in die Magengrube, ihm entgleitet das Notebook, und weg ist es. Zusammengekauert finden ihn seine Freunde auf der Straße. Die Räuber sind schon abgehauen.
„Warum hast du uns nichts von deiner Not erzählt?", nimmt ihn Kaspar in die Arme. „Wir hätten dir doch geholfen", tröstet er ihn.
„Meinst du Opfer zu sein ist schön, diese Ohnmacht, Demütigung und Angst!"

„Du weißt doch, dass Julia und ich Karateka sind. Wir können uns verteidigen ohne Waffen, mit bloßen Händen, den Beinen und dem Rest des Körpers. Julia hat den grünen und ich den blauen Gürtel", erzählt Kaspar stolz.
„Das find ich super gut, ich werde meinen Vater bitten, dass ich statt dem Fußball auch so eine Ausbildung machen darf. Die hätten mich bestimmt nicht angegriffen, wenn ich auch ein Karateka gewesen wäre."
„Du musst wissen, Karate ist kein Angeber-Sport. Es geht beim Karate nicht darum, mit besonders spektakulären Aktionen anzugeben. Ein Karateka beeindruckt durch sein Auftreten. Wer Kampfkunst richtig verinnerlicht hat, wirkt respektvoll, selbstbewusst und ausgeglichen", klärt Kaspar Daniel auf.
Ja, das will ich werden!", begeistert sich Daniel.
„Jetzt müssen wir behutsam und schlau vorgehen, damit du deine Sachen wieder bekommst, bevor sie diese zu Geld machen. Also, was haben die von dir?", fragt Kaspar.
„Abgenommen haben die beiden mir mein Handy, das Notebook, fünfzig Euro von den Eltern und das Taschengeld, ungefähr sieben Euro", zählt Daniel auf.
„Das Handy hat Sabine bereits erkannt, sie war sich nur nicht ganz sicher. Vermutlich halten sie sich irgendwo im Park, hinter Büschen auf. Wir verteilen uns und orten, wo sie sein können, aber bitte, kein Alleingang."
„Wir treffen uns wieder unter der Weide", kommandiert Kaspar weiter, also los!
Es dauert nicht lange, dann kommt Daniel, er hat die beiden hinter den Jasmin-Büschen gesehen und der Kleinere tippt auf seinem Notebook herum.

„Wir gehen jetzt einmal zu den beiden und sprechen sie an, wo sie das Notebook gekauft haben", schlägt Julia vor.
„Ich lasse mir das Handy zeigen", ereifert sich Sabine. In allen steigt der Kampfgeist hoch.
„Bitte Kaspar rufe erst die Polizei für die Auslieferung. Das sind doch ganz feige Verbrecher, die Kinder berauben und ihnen fürchterliche Angst machen!", stellt Daniel angeekelt fest.
Kaspar übernimmt die Führung: „Wir überraschen sie jetzt, schleichen uns an und nehmen ihnen das Handy und das Notebook ab, Daniel hat beides als sein Eigentum identifiziert. Er bleibt im Hintergrund. Freiwillig werden die beiden die Teile nicht herausrücken, Ich gehe hin, nehme das Notebook, sage, das gehört euch nicht, gebt es her, dann wird ein Kampf entstehen. Wenn einer auf mich einschlägt, dann kann ich sie platt machen, ich selbst darf nicht angreifen. Julia, du kümmerst dich um das Handy und bleibst in meiner Nähe. An das Geld werden wir noch nicht kommen, das muss über die Polizei geregelt werden, die rufst du, Sabine. Also los!"
Alles läuft wie geplant. Der Junge mit dem dunklen Käppi zerrt an dem Notebook und hält es umklammert.
„Wie willst du wissen, dass das nicht unseres ist?"
„Ihr habt das heute Daniel abgenommen und ihn auch noch zusammengeschlagen. Jeden Tag wartet ihr auf ihn, er traut sich nicht mehr auf die Straße, nicht mehr zum Sport und in die Schule, ihr seid wirklich ein Übel. Die Polizei wartet schon auf euch!"

Daniel fällt seinen Freunden um den Hals und bedankt sich für die Erlösung aus dieser Not.
„Das nächste Mal schalte ich euch sofort ein, sollte es noch einmal jemand versuchen. Danke!!!"

Willst du deine Welt ändern?
Dann fang gleich damit an.

Eva läuft schnell in einen Supermarkt und möchte noch einen Artikel holen. Diese Regale nerven sie, jedes Mal ist umgeräumt und durch die schräge Stellung muss sie von Reihe zu Reihe suchen, um überhaupt zu wissen, was sich darin befindet. Endlich hat sie entdeckt, was sie wollte, bückt sich, die günstigeren Sachen liegen immer unten. Eine andere Frau bückt sich ebenfalls, um den Artikel zu greifen und beide wären fast mit dem Kopf zusammengestoßen. Sie blicken hoch und sehen sich ins Gesicht, wohl mit dem Gedanken, genau die muss auch diesen Kuchen haben. Sie sind so erschrocken, als sie merkten, dass sie auch noch die Schulbank zusammen gedrückt haben.
„Eva du"?! , rief Mary aus. „Jahrelang sehen wir uns nicht, dann rumpeln wir fast mit dem Kopf vor einem Einkaufsregal zusammen". Mary hat ihr wunderschönes, erfrischendes Lachen wieder gefunden und umarmte Eva.
„Was für eine Zusammenführung".
„Wie geht es dir Eva?", will Mary wissen.
„Sehr gut, die Familie ist gesund und munter, dann geht es mir auch gut."
„Mir geht es weniger gut, gerade habe ich mit dem Rauchen aufgehört, der Arzt hatte keine gute Mitteilung für mich."
„Ach, das steckst du doch weg mit deinem schönen Lachen", meinte Eva aufmunternd zu ihr.
„Du kannst schon Recht haben, nur, dass ich noch arbeiten muss, das kann ich nicht weglachen. Ich kann von

meiner Rente nicht leben, du hast noch deinen Mann."
„Das stimmt schon, dass dein Mann so früh gestorben ist, tut mir aufrichtig leid, aber bei deinem guten Aussehen, kann es doch nicht sein, dass du alleine bleibst."
„Natürlich, Werber hätte ich viele, nur ich bin in meinem Alter schon sehr wählerisch."
„Es kommt auch auf deine Gedanken an. Du glaubst nicht, was deine Gedanken für eine Schöpfungskraft haben. Das was du in der Vergangenheit gedacht hast, erlebst du jetzt und was du jetzt denkst wird deine Zukunft sein", sagte ihr Eva. Mary schaute sie skeptisch und ungläubig an.
„Mark Aurel wusste schon im Jahr 160 um seine Gedanken, er sagte:
„Das Glück deines Lebens hängt von der Qualität deiner Gedanken ab, daher wache gut über sie."
„Ach, hör mir doch auf mit deinen positiven Gedanken, wie sollst du denn den ganzen Tag gute Gedanken haben?" wehrte sie mit beiden Händen ab, „du spinnst doch."
„Es ist auch nicht einfach, der Mensch denkt bis zu fünfzehntausend negative Gedanken am Tag. Auch wenn er zu schlafen versucht, plappern sie immer weiter und du weißt gar nicht, wie du sie bändigen sollst.
Gedanken werden ständig manipuliert: Von Eltern, in Schulen, von Ärzten, durch Medien, Religionen, Wahrsagern, Pharmazie und anders Denkende. Jeder versucht deine Gedanken zu manipulieren, damit sie in seine Schiene passen. Geh doch zu einem der Obengenannten, sagen sie dir etwas Gutes, freust du dich und bist happy,

alles ist o.k., sagen sie dir aber, dass etwas nicht stimmt, und ist es nur ein kleiner Krümel, werden deine Gedanken ständig nachdenken, was es sein könnte und du spinnst diese Sache weiter, bis sie groß ist und weil es so lange und oft war, glaubt dieses auch dein Unterbewusstsein und manifestiert es dir. Schon hast du dir die eigene Suppe gekocht. Mary, du brauchst auch nicht auf die Suche nach einem Schuldigen gehen, wenn dir etwas passiert, du brauchst nur deine Gedanken überprüfen und du wirst fündig werden. Denn jeder Gedanke ist eine Ursache und jeder Zustand eine Auswirkung.

Mit deinen Gedanken kannst du aber erst arbeiten, wenn du sie im Griff hast. Es wird eine Arbeit von einer Woche, indem du dir auf einem Zettel notierst, wie du die negativen Gedanken zerstörst:

Dieser negative Gedanke geht auf keinen Fall ins Universum, ich zerstöre und zerschlage ihn und er ist sofort ein Nichts. Ich danke dem Universum für Gesundheit, Liebe und Freude die bereits zu mir unterwegs sind. Danke!

Nach einer Woche merkst du, wie sich die negativen Gedanken verringern und dir geht es immer besser. In hartnäckigen Fällen dauert es 21 Tage. Nach dieser Prozedur brauchst du beim Auftauchen solcher Gedanken nur sagen: *Stopp löschen!* Du kannst es ganz einfach bei jedem negativen Gedanken mit: *Stopp löschen!* versuchen, der Gedanke ist dann auch weg.

Also geht demnach jeder Gedanke in das Universum und kommt von dort wieder zurück mit dreifacher Auswirkung unserer Schöpfung – positiv oder negativ. Wir suchen dann die Schuldigen für unser Dilemma. Dies ist das einfachste universelle Gesetz, das keiner wahrhaben will."

„Also Eva, du erzählst mir hier Sachen, über die ich noch nicht nachgedacht und auch noch nichts gehört habe."

„Das ist es ja, in den Schulen hat man kein Interesse so etwas Lebenswichtiges zu lehren, oder hast du in der Schule etwas über die Liebe zu den Menschen - ich spreche nicht von Sex – als göttliche Lichter egal welcher Religion, zur Natur, zu den Tieren oder Pflanzen gehört? Ich nicht. Wenn alle negativen Gedanken nicht mehr ins Universum gehen können, weil sie zerstört wurden, könnten sie nicht mehr als Neid, Hass, Bösartigkeit und Mord zurückkommen. Für viele Menschen wäre dieser Zustand unserer Welt gewöhnungsbedürftig, sie könnten keine Kriege mehr anzetteln und dabei nichts mehr verdienen."
 Es würde ein anderes Bewusstsein oder überhaupt ein Bewusstsein entstehen. Die Menschen sind bereits so versklavt, dass sie sich um ihre Gedanken nicht mehr kümmern können. Sie sind von morgens bis abends so eingespannt, um für andere Geld zu verdienen, sie werden nur am Leben gehalten, sie merken nicht mehr, dass eigentlich auch in ihnen alles angelegt ist. Unser Geist ist schöpferisch, Besitz, Umgebung, Erfolg und alle Erfahrungen im Leben sind das Ergebnis unserer gewohnten

oder vorherrschenden geistigen Einstellung. Aus dem was wir denken, ergibt sich unsere Geisteshaltung. Wir haben unsere Macht, unseren Erfolg und den Besitz durch unsere Denkweise erschaffen."

„Eva, jetzt tickst du nicht mehr richtig, wie kann ich mit meinen Gedanken Dinge erschaffen?"

„Und ich sage dir, dass du mit deinen Gedanken alles erschaffen wirst. Schau dich doch einmal um. Jedes Detail, das du siehst, sei es der Stuhl, der Tisch, das Haus, dein Fahrrad, deine Schuhe, deine Kleidung, alles waren erst Gedanken. Als Kind hab ich mir gedacht, ich habe einmal Familie, ein Auto, ein Haus, ein eigenes Konto, es stimmt, du erschaffst alles mit deinen Gedanken und der Intensität deiner Gefühle dafür."

„Ach ja, wo du das sagst, fällt mir auch auf, dass ich einiges damit erschaffen habe."

„Dann musst du auch merken, dass du eine innere Quelle hast, die mit dir verbunden ist. Denn verwirklicht wird uns das alles durch das Unterbewusstsein. Das stellt uns alles je nach Schöpfung durch unsere Gedanken positiv oder negativ, je nach Bestellung vor die Nase. Deshalb pass auf, was du bestellst, es wird so geliefert, wie du bestellt hast. Wenn du deine Gedanken im Griff hast, kannst du sie so kontrollieren, die negativen vernichten und positive bestehen lassen, dann wird sich deine Welt auf alle Fälle zum Positiven wenden.

Viele Menschen leben in der äußeren Welt, sie haben ihre innere Welt noch nicht gefunden, einfach weil die Zeit fehlt oder sie wollen nicht, es ist für sie Humbug. Mit Wissen oder ohne Wissen, es ist doch die innere Welt, die die äußere Welt entstehen lässt. Sie ist schöpferisch und alles, was du in deiner äußeren Welt findest, wurde in deiner inneren Welt erschaffen.
Es ist so unglaublich schön, wenn du die Beziehung zwischen der inneren und äußeren Welt verstehst. Es wird dir bewusst, dass keiner über dir steht außer die Allmacht. Ist dir nie aufgefallen, dass du einen Tag geplant hast, plötzlich kommt ein Telefonanruf oder es steht jemand vor der Tür und sofort ist dein Tag komplett anders? Es ist etwas da, was uns führt.
Die innere Welt, unsere Gedanken, ist die Ursache, die äußere Welt die Auswirkung. Willst du die Auswirkung verändern, musst du die Gedanken ändern. Die meisten Menschen versuchen das Dilemma zu verändern, indem sie an der Auswirkung arbeiten. Sie erkennen nicht, dass dies lediglich eine Form von Leid durch anderes Leid ersetzt. Um Disharmonie zu entfernen, müssen wir die entsprechende Ursache, negative Gedanken, entfernen, und diese Ursache ist nur in der inneren Welt zu finden."

„Sag einmal, hast du das schon alles erlebt?"

„Meinst du, ich würde dir das zum Spaß erzählen, ich wünsche mir nur, dass es dir besser geht. Wir sind heute nicht umsonst so komisch zusammengeführt worden. Ich hoffe, dass du heute etwas mitgenommen hast, was du umsetzt.

Tschau Mary, ich wünsche dir nur noch gute Gedanken!"

Die Autorin

Rosa Theresia Arenz, geboren 1944 in Oberbayern, verheiratet, ein Kind.
Durch ihre Eltern ist sie so naturverbunden, dass sie jedes Kräutlein, jeden Baum oder Strauch kennt und deren Wirkung nutzt. Sie versorgt sich selbst aus ihrem Garten mit Obst, Beeren, Gemüse und Kräutern. Vor allem Wildbeeren wie Kornelkirsche, Schlehe, Holunder und die Hagebutte haben es ihr angetan. Ihr macht die Selbstherstellung der Säfte, Gelees und Marmeladen viel Freude.

Sie ist auf die Welt gekommen um zu lernen, dass nur die Liebe zählt.

Hast du über deinen Nächsten nichts Gutes zu sagen, dann schweig.
Chinesisches Sprichwort.

Jeden Tag wirbelt dir der Wind ein Körnchen Freude auf. Sieh gut hin, damit du es fängst.
Weisheit

Man kann das Licht eines anderen reflektieren, aber strahlen kann man nur mit seinem eigenen Licht.
Sprichwort

Rosa Theresia Arenz

RIA – eine starke Frau
Roman

Ria, darf als Kind die Nachkriegszeit in Bayern ohne Hunger erleben, erzählt wie das ländliche Leben den Einsatz der Kinderarbeit für den Unterhalt erforderte.
Wie ihr im Internat das Wünschen und Träumen durch Nonnen verboten wurde. Ein Mensch ohne Träume und Wünsche ist leer. Sie hat sich auch in die Großstadt geträumt und es dort zehn Jahre ausgehalten. Nach der Geburt ihres Sohnes konnte sie keiner mehr in den Stein- und Betonburgen halten, Sie hatte die Nase voll.
Durch einen Historiker lüftet sich das Geheimnis im Wald, das ihr keiner erzählen wollte, sie war angeblich zu klein dazu. Sie musste feststellen, dass keiner den sie fragte, etwas Genaues darüber wusste.
Im Alter von fünfundvierzig Jahren , der Jugendwahn ist schon im Gange, fängt sie wieder zu arbeiten an. Sie erlebt einen Mobbingterror ungeahnten Ausmaßes gegen sie. Ria lässt sich das nicht gefallen, so wird das ein acht Jahre langer Krieg, der letztendlich alle befreit.